ESCOLA SEM MURALHA

Um sonho de amor

Marcelo Silva

Porto de Idéias
EDITORA

São Paulo, 2014

Escola sem Muralha: um sonho de amor
Marcelo Silva

Coordenação Editorial
Silvana Pereira de Oliveira

Projeto Gráfico e Capa
Feco Porto

Dados Internacionais de Catalogação na Publicação (CIP)
(Câmara Brasileira do Livro, SP, Brasil)

Silva, Marcelo
Escola sem muralha : um sonho de amor / Marcelo Silva. -- São Paulo : Porto de Idéias, 2014.

ISBN 978-85-8061-070-3

1. Ficção brasileira I. Título.

14-06523 CDD-869.93

Índices para catálogo sistemático:
1. Ficção : Literatura brasileira 869.93

EDITORA PORTO DE IDÉIAS LTDA.
Rua Perdões, 101 – Aclimação
São Paulo – SP – 01529.030
Fone (11) 3884-3814
www.portodeideias.com.br
twitter.com/portodeideias

A Izilda Barsoti, minha mãe, pela exigência, mas libertária, sensível e afetuosa, e pela cumplicidade de tantos anos.

A minha filha Bruna e a Ana, duas pessoas muito especiais.

A meus irmãos: André, Juliana e Patrícia.

A companheira Rosilaine, professora dedicada e guerreira.

Não tomo consciência de mim mesmo senão por meio dos outros. Deles recebo as palavras, as formas, a tonalidade que formam a primeira imagem de mim mesmo. Só me torno consciente de mim mesmo, revelando-me para o outro, por meio do outro e com a ajuda do outro.

Bakhtin

Agradecimento

Aos que me ajudaram nesse processo de tomada de consciência que resultou neste livro, meu profundo agradecimento.

Aos professores e professoras e outros profissionais da área da educação, pela garra e compromisso com nossos alunos e alunas.

Aos meus familiares e amigos pela compreensão das ausências.

Ao professor de filosofia e grande amigo Vivaldo, por fazer parte do meu crescimento.

Havia uma vontade imensa em mudar a realidade da escola em que nós professores estávamos mergulhados. O despertar surgia diante da atual situação da escola: sitiada por muros altos, muitas grades e portões.

Localizada na periferia, uma unidade escolar cercada por muros pichados, abarrotada de estruturas de móveis quebrados, cuidadosamente empilhados de modo que ficassem guardados como "patrimônio" em algum lugar da escola. Cheia de crianças e adolescentes alegres em diversas fases da vida e da aprendizagem.

Os alunos na maioria são moradores da comunidade Paraíso, constituída de trabalhadores da própria cidade, moradores fora do mercado de trabalho e outros vivendo em reclusão. Localizada em São Paulo, na cidade de Cajamar, expressão indígena *cai-a-mar* que significa fruto colorido e manchado, produzido pelo araçazeiro. A ironia se apresentava no nome do bairro — Paraíso — e no colorido traduzido no significado de Cajamar, pois havia muito preto e branco na estrutura de cimento frio sobre o colorido quente, especialmente na maioria das instituições de ensino da rede. Tudo começou num feriado. Dia 1º de maio — Dia do Trabalhador — festas com premiações, faixas de vereadores desejando gentilmente um feliz Dia do Trabalho na cidade que arrecada quase meio milhão de reais. Dormi até as onze da manhã e acordei repousado e bem-disposto. O sol ameaçava brilhar, mas o frio ganhava espaço. Tomei banho, enquanto a máquina de lavar fazia o trabalho, embora sempre deixasse a mangueira para reservar a água desperdiçada para diversas ocasiões que um homem solteiro vivencia em seu apartamento. Nos jornais, o ataque aos professores e às escolas era o tema central. A polícia parecia impotente, sem qualquer pista dos agressores. No feriado, meu coração trabalhava normalmente e fiquei muito contente. Enquanto dava a volta ao redor do condomínio, um homem veio falar comigo. Bem-apessoado, me pediu dinheiro. Argumentou que fora despedido, trabalhava terceirizado e, na medida em que diminuiu a demanda, os funcionários foram dispensados e ele não encontrou mais trabalho. Pensei antes de sacar do bolso o dinheiro na interposição de mão de obra fraudulenta. Dei-lhe dez reais e ele me pediu que não o levasse a mal, era seu primeiro dia como pedinte e sentia-se terrivelmente envergonhado, mas precisava de dinheiro, tinha mulher e um filho recém-nascido.

Acreditei nele. Caminhei até o supermercado e, por incrível que pareça, em pleno feriado, a gente encontra professores. Uma grande amiga que trazia consigo a nostalgia da instituição escolar incorporada. Parece que relembro do tumulto, dos xingamentos e da falta de respeito. Vem tudo à tona.

— Ah... — disse ela com os olhos esbugalhados e franzindo a testa. — Não acredito, professor Jeferson não foi viajar! — soltou a observação que já era prevista.

Ficamos no corredor conversando sobre a agitação do feriado. Tudo é tão bonito no feriado, gente feliz, criança correndo... Dizia a professora Roberta, uma beldade — embora não naquele momento. Ainda tinha aquele corpo esbelto que um dia tanto me excitara. Pernas longas, seios firmes e a pele morena clara; seu cabelo longo negro e os olhos brilhantes. O rosto tinha uma boa simetria. Muitos homens se voltaram no corredor do supermercado para vê-la, muitos a contemplavam ávidos. Apenas eu não mais a olhava daquela maneira, talvez devido ao cotidiano escolar. Saí do cenário em que observadores a admiravam e a convidei para um cafezinho em um lugar reservado na revistaria do supermercado. Você certamente já ouviu falar de uma professora que saiu para ir às compras e nunca mais voltou. Isso acontece com muita gente — em outros lugares. Essas pessoas caem no mundo. Cansaram-se de suas velhas vidas, desejam uma nova que podem iniciar imediatamente no primeiro instante depois que dobram o quarteirão.

"Minha vida se tornara tão insuportável quanto a minha profissão". Fiquei boquiaberto com a explanação da Roberta. Minha profissão refutei a fim de arquitetar algo mais animado; emendei que ideais elevadas eu tivera na juventude! Com decência, inteligência e cultura sonhara viver como professor em uma escola de ambiente harmonioso e de aprendizagem significativa. Eu queria servir à educação com toda minha inteligência e força. Infelizmente, ainda lembrava bem desse sonho juvenil, o que tornava a coisa mais difícil. O que acontecera? Eu estudara na pobreza, uma pobreza inimaginável, lavara louça em bar, lavara minhas roupas num tanque de cimento, fora *motoboy*, trabalhara até depois da meia-noite em ruas sombrias dos bairros vizinhos. Vivera num quartinho minúsculo, nunca possuía o suficiente para comer. Dominado por meus ideais, eu finalmente cheguei à faculdade de educação. Ensinei gente "da hora", simples. Gente mal-educada de berço. Resultado? Minha casa era pobrezinha, eu mesmo tinha uma vida difícil. A educação desgastou-me, caía sobre mim o cansaço dos quarenta anos e um nariz grande demais. Sou alto e sempre ando e me sento um pouco curvado, de modo que dou facilmente a impressão de ser corcunda. Tinha noção que não era "vistoso", como dizia um amigo nordestino, e era conhecido por "bainha", por causa da barba curta, rala e esbranquiçada, e cabelos crespos, que normalmente corto baixo ou passo a máquina número um. As orelhas estavam numa boa proporção com a face desgastada. Todavia, não tive muita dificuldade em conseguir mulheres, havia uma aproximação fácil, elas deviam sentir alguma coisa. Porém separei-me duas vezes. Tomei um grande gole de café e olhei pelo vidro. Enquanto Roberta me fitava, refletindo, contou-me com a voz embargada sua trajetória, não muito diferente da minha: pais divorciados, e por isso arrimo da família durante tempo. Nunca me sentia bem. Às vezes pensava em suicídio. Mas não tinha coragem. Pensava então em dar um sumiço. Aproximou-se um homem, pai de um aluno, que se chamava Marciel.

— Poxa! Não deu para eu ir à reunião do meu filho, estava enrolado com minhas coisas.

Tivemos o mesmo pensamento: "Em pleno feriado! Será que ele vai querer o boletim do filho?". Mas ele se conteve e disse que na próxima compareceria. Foi ausente o ano letivo anterior, mas demos o voto de confiança. Professor é esperançoso. Batia novamente em nós a vontade de sair da profissão, fugir de toda mentira, negligência e começar uma vida nova.

— Quem nunca pensou nisso, Roberta?

— Ah! — respondeu ela com a voz macia. — Está incutido no pensamento de muitos professores, só que ninguém fala nisso.

Esvaziei o copo e pensei: "Quanto tempo ainda posso viver com quarenta? Um ano? Cinco? Dez ou só uns segundos? Se morrêssemos agora, o que diríamos da nossa existência sem sentido?".

— A vida tem vários caminhos e entre eles o destino improvisa. Nos pequenos detalhes, como esse encontro Jeferson, no feriado para falar das nossas angústias e também afugentar momentaneamente nossa melancolia. Tive um professor que admirava desmedidamente. Era sensato, tinha tanto humor! E me deu de presente um livro maravilhoso, *A carne* de Júlio Ribeiro, que lia com a cabeça em chamas. Ainda hoje, depois de tantos anos, sei uma passagem: *O início primordial do amor está, como dizem os biólogos, na afinidade eletiva de duas células diferente, ou melhor, de duas células diferentemente eletrizadas*. Ele me deu muitos outros livros e despertou em mim o amor pelos livros, o que me transformou numa leitora apaixonada. Fiquei encantada; como algumas passagens de livros marcam e ficam para o resto de nossa vida!

— Com essa passagem do livro entendi porque lia com a cabeça em chamas — disse-lhe, e sorrimos altamente. — Por falar em células eletrizadas, fui a um médico conhecido. Examinou-me, olhou minhas mãos agitadas, fez algumas perguntas e diagnosticou: "O senhor aparenta-se saudável fisicamente, mas psiquicamente, meu caro rapaz, chiiiii" — chiou o doutor e continuou: "Psiquicamente, pela experiência que tenho, você está esgotado. Já ouviu falar em síndrome de Burnout ou síndrome do esgotamento profissional?".

— Nunca ouvi, mas o nome amedronta! — respondi, e ele prosseguiu: "É um distúrbio psíquico e sua principal característica é o estado de tensão emocional e estresse crônico provocado por condições de trabalho físicas, emocionais e psicológicas desgastantes. A síndrome se manifesta especialmente em pessoas cuja profissão exige envolvimento interpessoal direto e intenso. Qual sua profissão?" e emendou: "O senhor será assaltado por várias doenças, os problemas psicossomáticos podem e vão em breve se transformar em doenças graves. Se deixar chegar a esse ponto, nem médico nem psiquiatra poderão ajudá-lo. O senhor precisa se afastar desse trabalho imediatamente".

— Não posso! — respondi, e ele continuou friamente: "Então vai morrer num leito do SUS (Sistema Único de Saúde)".

— Nossa! — espantou-se Roberta. — Você precisa se cuidar.

— Verdade! — esquivei-me da conversa amarga. — Preciso levar algumas coisas para a dispensa que parece um fantasma.

— Espere, vamos retomar essa conversa, somos colegas há anos trabalhando na mesma escola. Tornamos-nos grandes amigos, podemos montar uma escola, em outro formato.

— Outro formato? É risível. Você diz com currículo, metodologias, concepções pedagógicas diferentes das que vivemos?

— Exatamente!

— Interessante rever a vida que levamos enquanto professores. Mas temos que ponderar que precisaremos ter muita grana para encararmos esse desafio. Depois conversaremos mais e quem sabe amadurecemos essa nova fase.

— Combinado.

***

Fui embora sob um ar doce e o céu amplo e alto; foi uma bela conversa. Destacava a tristeza, mas vivificava a esperança. E todas as minhas preocupações, medos e dores haviam terminado. Emocionado, senti que nos pertencíamos, assim como podem pertencer um homem e uma mulher. Ao sair do supermercado, vi muitas crianças brincando e um rapaz sentado tocando flauta doce, entoando algumas canções. Alimentei meu sonho de ter uma escola com novas ideias, aberta, sem muros, grades e chaves para todo lado. E aquela melodia continuava soando e seu eco ressoava na minha cabeça. E continuei voando com a Roberta sobre uma escola sem aparatos de segurança, alunos livres de olhares controladores. Depois de bater asas pelo céu lindo, cada vez mais alto, foi como o sonho de Ícaro: fui despencando rapidamente ao chegar a meu condomínio. Subi empolgado ao terceiro andar e pensei seriamente na proposta que Roberta fizera. Tomei um cálice de vinho e brindei comigo mesmo, já que morava sozinho. No silêncio e na paz do meu recanto, depois da fuga de pensar na segunda-feira, do retorno repetido das coisas iguais promovido pela escola, queria manter meu caminho aventuresco e entrar no campo da possibilidade.

***

Num belo dia de março de 2013, disse a minha diretora que estava cansado da imposição de conteúdos, projetos e temas, dos quais os alunos não dão conta e muito menos o professor. Parece que todos estão perdidos, não sabem o caminho que querem seguir: formar para universidade ou para a vida?

— Não aguento mais! Não só por causa dessa crise financeira da educação, mas pela falta de recursos de toda ordem, ausência de parceria com multiprofissionais — psicopedagogo, assistente social, psicólogos, fonoaudiólogos, psiquiatra etc. — sem contar a ausência dos responsáveis pelos nossos alunos. Essa vida se tornou insustentável, decidi começar uma segunda vida, novinha em folha, saudável e feliz.

— Sim, Jeferson — acalmou-me a diretora.

— De quanto tempo precisará?

— Cinco dias — respondi. Uma nova sensação ganhava força, tive de fazer um esforço enorme para respirar ao perceber que emoção era essa. Pura felicidade. Forçosamente tive que me agarrar a tal esperança. Sem dinheiro, sem muitas expectativas, caberia recorrer a um empréstimo bancário para realizar o sonho.

— Obrigado pela compreensão — agradeci.

Ela desejou-me toda sorte do mundo, e eu disse que gostava de trabalhar com ela, mas queria seguir meu caminho. Saí da sala da diretora e encontrei uma professora de Arte, que tinha muita dificuldade com os alunos, e comentei com ela que meus dias estavam contados na escola. Ela arregalou os olhos e disse que pensava em fazer o mesmo: "Para que você possa ter uma noção do ponto a que cheguei, tenho que expressar meu monstruoso cansaço. Quero tentar algo em outra área". Pensei nela trabalhando em minha futura escola. Mas não quis comentar nada e disse que torcia por ela.

Fui para a sala de aula, depois da especialista, e deparei-me no corredor com um aluno do 6º ano que se dizia de uma facção criminosa e que pegaria o professor de Educação Física. Tentei apaziguar os ânimos e descobrir a razão da discórdia. O motivo da discussão foi simplesmente por contrariar o aluno que queria a aula na quadra e não na sala de aula. O professor nervoso disse a ele que estudasse mais e fizesse uma faculdade de Educação Física e viesse com um plano de aula. O garoto de 14 anos o ameaçou com um "salve" e disse que queria ver se o professor aguentaria e se afastou. O professor ofegante disse que faria um boletim de ocorrência na delegacia para resguardar-se, pois se sentiu ameaçado. Dois dias depois do episódio, o professor deixou as aulas. Assim era o dia a dia da escola com a rotatividade de professores.

Hoje é o dia que vou à cama mais cedo, precisarei de horas a mais de sono. Tomei um banho, tirei a poeira de giz da alma e os sinais daquele cenário estampado no rosto. A água parecia apagar aquelas imagens de um menino que tem como inspiração uma facção criminosa e percebe que amedronta. Depois da ducha, comecei a me sentir melhor. Minha nova vida estava por vir, como seria? Imaginei muitas possibilidades de organização e depois pensei que nenhuma dessas possibilidades ainda era realista.

***

Dois dias depois, entrei em contato com a professora Roberta e marcamos em meu apartamento para rapidamente colocarmos nossas metas depois do rompimento com a escola.

Roberta chegou e estava animada com nossa empreitada. Na porta me convidou:

— Vamos sair e beber algo.

— Vamos tomar algo e tirar essa poeira que está incrustada há anos na garganta.

O carro esportivo parecia com ela: uma beleza!

— Coloque o cinto de segurança — pediu ela.

— Vale a pena ficar afivelado, pois se sofrer um acidente é mais fácil escapar ileso com o cinto e contar para todo mundo como foi que aconteceu — concordei.

— Mas que bobagem! Um pouco de música para nós — disse Roberta. E a primeira coisa que ouvimos foi a notícia sobre o aumento de sete reais do Bolsa Família.

— Horrível... — disse ela. E procurou rapidamente uma estação com música. Alguém tocava Beto Guedes, *Amor de índio*, provavelmente na voz de Flávio Venturini.

— Quando falou com a diretora?

— Anteontem — disse, sem refletir.

— Foi direto ao ponto?

— Sim, e como o dissera, tornou-se verdadeira nossa proposta de primeiro de maio.

Chegamos a um lugar aconchegante, ela estacionou o carro na praça, ao lado de um bar que parecia um labirinto de vidro. O lugar era adequado para colocarmos nossos planos em dia e por algum tempo não dissemos nada.

Depois tomei a iniciativa:

— Roberta...

— Diga...

— Posso chamá-la de Rô?

— Sim — disse murmurando dengosa. — Sim, Jeferson.

— Tenho uma sensação tão forte... Fui coordenador e consegui adquirir certa experiência na área.

— Também tenho essa sensação forte. Senti logo que nos encontramos, quando você apareceu à porta. Encarou-me com olhos enormes. Conheço você. Isso existe. Pode ser coisa de cinema! — disse ela sem voz. — É cinema nacional, não é?

— Sim, pode se tornar se tudo transcorrer conforme queremos... Mudança na vida de professores!

— Que doideira!

— Então deixe a doideira enquanto for maravilhosa para nós dois.

— Posso chamar você de Jeh?

— Claro, gosto do som desse monossílabo.

— Minha avó cedeu o salão no fundo da casa dela para começarmos a nossa empreitada.

— Que ótimo! Consegui preencher os documentos para um empréstimo.

— Não sei... — disse receoso. — Não posso imaginá-la em outra profissão.

— Realmente lido muito bem com "criança". Ops, criança! E me dou bem com elas. Tenho 36 anos, mas elas me tratam como se eu tivesse a idade delas. Além disso, crianças são seres bondosos, falantes e amáveis. São como nós fomos um dia.

— Lembrei-me do que diz Dostoievski: "A alma é curada ao estar com crianças". Boazinhas... boazinhas elas não são, brigam a socos e fazem barulho, mentem e quebram as coisas... — disse rindo. — Uma escola pequena e sem muros, assim não gastaremos com cercas, grades; ao contrário da escola do Paraíso.

— No salão da minha avó, à sua volta, há muitas árvores e um pequeno pomar. Está próximo de um rio poluído, infelizmente, mas há abelhas zunindo, pássaros que participam de uma orquestra e muitas borboletas coloridas. Tenho muito livros que podemos utilizar na biblioteca — disse Roberta. — Livros! Sou louca por livros. O que há de estranho em renovar a educação com a escola aberta?

— Pois é... Nos dias atuais, a escola assemelha-se a hospitais e prisões, percebe-se um espaço de confinamento quando deveria estar no caminho oposto: com trajetória para o esclarecimento e para a formação de cidadão consciente e autônomo.

— Concordo plenamente — emendou Roberta, eufórica. — Esse cenário prejudica a educação por desvalorizar o espaço e o tempo escolar como um período que deveria ser privilegiado ao convívio social e ao crescimento social.

— É isso, Jeferson, faremos o contrário do que vivenciamos: abriremos as portas e as janelas para uma vida consciente, sem grades, sem muros e sem portões. Deixaremos de lado o enorme controle sobre os alunos. Abriremos a tranca para verdadeiros cidadãos.

Esvaziei a jarra de suco, caro à beça naquele lugar requintado, distribuindo-o em nossos copos.

— Já está tarde — disse Roberta, preocupada.

— Sim, combinaremos no final de semana os detalhes para agilizarmos primeiramente os documentos para o funcionamento da nossa escola.

— Perfeitamente — disse ela, demonstrando sinais de cansaço.

***

Pela primeira vez em mais de três anos acordei cedo e tranquilo. Levantei-me rapidamente. Reconheci nisso o sinal firme de que eu incorporava outra pessoa. Quanto ao encontro pela mudança de vida com a Roberta, lembrei claramente de nossas reflexões e me acalmei. Nada de errado aconteceria, absolutamente nada.

No final de semana, os dias estavam quentes, mas no sitio da avó da Roberta estava fresco, porque é rodeado de árvores que davam sombra. Nos encontramos e logo ela apresentou sua avó de 85 anos, caridosa, generosa e muito simpática. Conversamos sobre nosso projeto e ela aprovou, disse que havia cuidado de muitas crianças, ajudando várias famílias.

Passeamos pelo espaço e podíamos imaginar como seria nossa proposta educativa.

Professores têm sempre o hábito de profunda reflexão, e a professora Roberta não era diferente.

— O mundo em que vivemos é muito louco. E todos os grandes pensadores também o são. Mas que diálogo! Temos de viver nesse mundo, Jeh, sem fugir. Não dá para tapar os olhos com antolhos e os ouvidos com protetor de silicone.

— Perfeito, acho que os amantes da educação simplesmente amam, sem medo da violência e da morte.

— Não sei. É uma época ruim para os amantes da educação.

— Ora, — disse eu — o que quer dizer com "época ruim"?

— Nós constituímos a época, são as pessoas que formam esse estado. E nós estamos compactuando com isso.

— O que farão as pessoas contra os supostos poderosos?

— Uma suposta revolução. — E rimos muito, caminhando pelo pomar.

Sentamos em um banco e passamos horas conversando sobre a pedagogia da nossa futura escola.

Roberta iniciou a reflexão falando da condição de humanização que se faz necessária, a qual se deixa aberta para o aluno vivenciar os conhecimentos, as formas de entender o mundo que o cerca. Alavancar oportunidades para o desenvolvimento de habilidades sociais, críticas e de autonomia.

— É o que falávamos, será o oposto do que vivenciávamos — disse. — Não será impregnado de padrões escolar convencionais, fragmentação de idade, ano/série e gênero. Preocuparemo-nos com os interesses do educando, suas necessidades e em desvendar e encorajar suas aptidões e potencialidades, focando nas inteligências múltiplas, respeitando sua origem e sua cultura.

— Nosso objetivo, até por que não temos dinheiro para grades, muros altos e portões, — sorriu Roberta — é visar um ideal de educação diretamente em convívios com os outros. Aprendendo na troca de experiências, de gostos e de fantasia. A meta é um aluno com autonomia e o professor também.

— Vamos analisar a estrutura arquitetônica da escola, a qual os alunos que pretendem sair dela, só conseguem com a devida autorização do professor.

— Jeh, — chamou Roberta docilmente — é interessante como as pessoas gostam do poder. O funcionário encarregado dessa situação escolar faz o controle nos lances do pavilhão, abrindo os portões como se fosse um carcereiro.

— Verdade, Rô. Para esses alunos terem acesso ao pátio onde acontece o intervalo, é preciso que o monitor abra o portão, e na realização do intervalo, quando os alunos estão sendo supervisionados, tais trancas são novamente fechadas para que não tenham acesso ao interior das salas de aula.

— Fico perplexa. Contudo, é difícil manter o controle sobre os alunos.

— Estou cansado — falei, demonstrando na voz um misto de ansiedade e empolgação. — Vou embora e retomaremos na semana para falarmos mais sobre a abertura da nossa escola. Irei me informar sobre os procedimentos burocráticos. E você Rô, por favor, faça uma pesquisa e verifique quantas escolas particulares existem próximas ao local que sua avó mora. Pesquise sobre essas escolas, converse com os pais que possuem filhos matriculados nelas, identifique quais são os métodos pedagógicos utilizados, o quadro de funcionários e a estrutura utilizada. Com o resultado dessas pesquisas, é possível descobrir o que falta, o que é necessário, o que os consumidores esperam e o que desagrada, e então elaborarmos nosso plano de negócios.

— Ufa! Será uma semana e tanto — antecipou Roberta.

— Marcaremos nosso reencontro para quarta-feira, no meu apartamento, pode ser?

— Claro, Jeh! — respondeu calmamente.

Pensei silenciosamente no desejo de beijá-la. Nos abraçamos fortemente e nos despedimos.

Estava quase escuro quando voltei, já passava das oito. Naturalmente tínhamos nos empolgados rumo à nova vida.

Tinha mensagem na caixa postal, era da instituição bancária liberando minha "forca". Por que eles cobram juros altíssimos? Valeria a pena correr o risco, frente à lastimável situação que me encontrava? Exonerei-me depois da liberação da verba.

Fui ao banheiro, tomei uma ducha rápida, pensando no racionamento. Coloquei uma roupa leve e senti um friozinho, que esquentou com a briga de vizinhos sobre uma música muito alta, que impregna o ambiente. Aquilo realmente era uma tortura mental. Ao cessar aquela perturbação sonora, peguei um livro de Leo Buscaglia — *Vivendo, amando e aprendendo* — uma loucura! Degustava-o facilmente, pois aquele escritor era um exemplo de que temos que viver uma nova vida. Um livro fantástico! Tenho medo que o escritor não consiga escrever o próximo livro tão bem como esse. Adormeci como uma pedra.

***

Despertei cedo, pois tinha que levantar as informações junto às autoridades competentes. Fui direto para a diretoria de ensino e ao chegar, no muro, vi escrito em letras grandes:

MAIS AMOR, POR FAVOR

Andei mais alguns passos, li o que alguém expressou em outro muro com tinta *spray*:

O AMOR É IMPORTANTE, PORRA!

Obtive todas as informações necessárias para o início da nossa nova vida, mas as expressões dos muros ficaram em minha cabeça.

Liguei para a professora Roberta e marcamos um almoço.

Uma hora depois nos encontramos e despejei todos os elementos para realização do nosso sonho. Explicitei enquanto aguardávamos o almoço, bebericando um suco. É necessário conhecer algumas normas exigidas. O espaço no sítio deverá ser desmembrado e atender às exigências para regularização do funcionamento da escola.

Roberta se inclinou para mim, interessada nas informações.

— O que mais disseram, Jeh?

— O espaço físico do imóvel deverá conter espaços para atividades, recreação e repouso, e para professores os serviços administrativo-pedagógicos, de apoio, área livre para movimentação dos alunos, locais para higienização com balcão e pia, espaço para o banho de sol e refeitório para alimentação dos alunos.

— Teremos muitos gastos à frente. Você conseguiu parte do empréstimo e entrarei com a outra parte, sem contar que não pagaremos mão de obra e nem aluguel; e para nossa alegria não há escolas particulares nas proximidades.

— Que notícia formidável! Ainda disseram que o espaço físico deve ser dividido de acordo com a faixa etária dos alunos. Tudo precisa estar de acordo com a faixa etária, inclusive a metragem do espaço, mobiliário, equipamentos, ventilação, visão para o ambiente externo, som e iluminação dos aposentos. Todos esses espaços devem estar em boas condições, higienizados e serem seguros. É necessário também que haja banheiro exclusivo para alunos com deficiência.

— Pois bem... — disse ela, animada — faremos tudo o que eles exigem. Pautaremos a instalação do estabelecimento escolar obedecendo às regras específicas da LDB 9.9394/96 (Lei de Diretrizes e Bases da Educação) e da legislação do município, porém não podemos perder de vista nossa proposta educativa.

— Eles ressaltaram também sobre o quadro de funcionários, que vai variar de acordo com a estrutura da escola e os serviços oferecidos, porém é obrigatório que haja profissionais graduados.

— Pau que dá em Chico, não dá em Francisco — disse, rindo. — Bem diferente da escola em que trabalhávamos, na qual monitores e estagiários assumiam constantemente a ausência de professores, com recreação ou só na base do "vigiar e punir".

— Deixemos esse "paraíso" de lado — ironizou Jeh.

A professora Roberta transmitia energia em sua fala.

— Vamos conquistar os pais transmitindo seriedade e profissionalismo. E para os alunos é necessário transmitir bom humor, descontração e segurança pautada na autonomia.

— Foi um almoço inesquecível, em que a sobremesa somava-se a uma farta refeição da vida — falei olhando nos olhos dela. — Hoje li em um muro uma pichação com os dizeres: "O amor é importante, porra!" e "Mais amor, por favor".

Houve um ataque de gargalhada na mesa. Alguns clientes riram, outros se espantaram.

As mãos de Roberta fecharam-se em punhos, paguei nossa conta e saí encabulado.

— Venha, vamos embora! Dou-lhe uma carona — disse a Rô.

— Aceito se você me deixar colocar um *pen drive* com a música *Me in You* de Kings of Convenience.

— Tudo bem, mas não conheço essa música!

— Querida professora, Kings of Convenience é um duo *folk-pop* de Bergen, Noruega. Composto por Erlend e Eirik Glambek, o grupo musical é conhecido por suas melodias delicadas, vozes calmas e sutis melodias de violão.

— Vamos ouvir, desde que traduza um trecho para mim.

— Exigente, você! Farei alguns comentários, mas antecipo que tem relação com nossas vidas novas.

Entramos no carro, inseri o *pen drive* com a música, que se fez ouvir: "Crossroads and given the option / To pass and look back at goals I've missed / Rainbows of buring bridges / If you squint a little more it looks the same". "Cruzamentos e opções dadas / Para passar e olhar pra trás para as metas perdidas / Arco-íris de pontes enterradas / Se você olhar um pouco de lado parece o mesmo".

— Estou gostando da letra — disse, animada.

Esse trecho fala sobre algo interessante, ouça: "And I'm watching you know / I see you building the castle with one hand / While tearing down another with the other". "E eu estou te observando agora / Eu vejo você construindo um castelo com uma mão / Enquanto destrói o outro com a outra".

— É verdade, Jeh, abrimos mão de um concurso para uma vida melhor.

— Agora nos cabe construir nossa escola, ou melhor, abrir o espaço para uma escola livre.

Roberta deixou-me no condomínio às quinze horas e tudo transcorrera conforme nossos planos.

Cheguei ao apartamento e fiz alguns contatos com antigos colegas da universidade, professores e estagiários na tentativa de encontrar colegas que poderiam colaborar com nossa proposta pedagógica. Marquei uma reunião com os colegas que estavam fora da sala de aula, alguns porque não conseguiram ser efetivos, outros porque haviam rompido o contrato temporário, para sábado, 25 de maio, 19 horas, no salão de festa do condomínio em que moro.

Em seguida liguei para a Roberta, falando sobre a reunião e que enviaria por *e-mail* a nossa proposta para as devidas considerações finais.

Iniciei o trabalho com entusiasmo e fiz um resumo do embasamento da nossa prática pedagógica e o enviei por *e-mail*.

Realizei algumas anotações para usar durante a reunião para auxiliar os colegas na prática pedagógica e colaborar no exercício da reflexão, da autonomia e no engajamento de todos. Já pensava na construção da Proposta Política Pedagógica, mas precisávamos de uma equipe de alma despertada.

Havia trabalhado com o Projeto Assembleia de Classe e o acrescentaria ao nosso projeto institucional, por acreditar não ser possível formar alunos para viverem democraticamente a partir de um ambiente onde as experiências e relações tenham como base o autoritarismo, a violência e a competição. Desse modo, devemos atentar para os valores e práticas presentes na escola para que o trabalho desenvolvido seja permeado por princípios pautados na democracia, na justiça, no respeito, na solidariedade e na cooperação. Assim, um dos alicerces para a construção da escola sem muralha é um ambiente onde todos possam conviver democraticamente, no qual os alunos participam das tomadas de decisões cotidianas do contexto escolar.

Por acreditar que essa proposta está inserida em um contexto mais amplo e coerente em busca da formação de indivíduos autônomos e críticos, e de uma escola que almeja concretamente a participação escolar e a democratização das relações, tínhamos como objetivo estimular nos alunos um processo de desenvolvimento moral em que haja respeito mútuo, isto é, as condutas, as opiniões e os sentimentos de todos são considerados.

Nos objetivos específicos, o importante é entender que eu tenho direito, mas o outro também tem. Esses limites possibilitam o desenvolvimento da autonomia moral e permitem a construção de uma visão de mundo; propiciam uma relação social crítica, libertadora e com responsabilidade, tendo como desafio o processo de mudança social coletiva; incentivam a formação de cidadãos coerentes e com facilidade de viver em sociedade.

Para desenvolver as etapas da proposta, o professor deve propor um tema, como violência, educação sexual, meio ambiente, drogas etc., e problemas que estejam ligados à turma e que mereçam a consideração de todos visando solucioná-los ou melhorá-los. Nesse momento, cria-se um espaço para escrever em envelopes com os comandos: Criticamos, Elogiamos, Solicitamos e Fizemos.

Sempre me lembrava de uma observação: no momento da assembleia poderia haver discussão sobre um conteúdo, um problema que aflige o espaço, entre outros, mas nem todo assunto deve ser tratado na assembleia. Utilizava envelopes para que os alunos escolhessem um tema para depositar sua crítica ou elogio. E o professor escolhia alguns colaboradores para a realização da assembleia. Necessita de articulação na organização: três alunos colaboradores, responsáveis por cada uma das seguintes funções: o primeiro apresentava a ordem do dia e fazia uma lista com os inscritos e os que queriam a palavra; o segundo, a condução das discussões com o grupo, concedendo a palavra aos alunos inscritos, e o terceiro colaborador registrava na caderneta os temas, acordos e regras discutidos durante a assembleia, ou seja, fazia a ata com as discussões da sala.

Outra etapa importante era a formação da turma, em círculo e ao ar livre, em que a função comunicativa da intervenção docente permanecia presente nas funções de mediador, que resume a discussão, incentiva a participação e centra a discussão no tema. Todo tipo de informação, esclarecimento de alguma dúvida ao longo da assembleia e pontuar o desfecho do objetivo a ser atingido são competências do docente.

O mediador deve saber exigir dos alunos a participação e o cumprimento dos acordos firmados. Posicionar-se sempre que os valores (respeito, igualdade justiça, democracia etc.) forem transgredidos por algum aluno. E como regulador, realizar as intervenções junto a algum membro do grupo, ressaltando as regras, normas e hábitos da escola.

A última etapa era a da avaliação do projeto, que visava ao desenvolvimento de um sujeito autônomo, liberto para o conhecimento, um pensador livre, crítico e responsável perante o contexto social, econômico, político e cultural em que está inserido. Pensando assim, o Projeto Assembleia levaria o aluno a refletir sobre suas atitudes por meio da autoavaliação.

Estava caindo de sono e olhei o relógio que marcava 01h35min da manhã. Tinha que preparar um projeto condizente com nossa filosofia de trabalho.

***

Acordei com o telefonema de minha mãe, que me convidou para almoçar, embora já fossem 14 horas. Modéstia à parte, minha mãe é uma excelente cozinheira. Atuou durante anos em restaurantes, hospitais, empresas, menos em escola. Seria uma pessoa certa para nossa escola. Pensei enquanto me preparava para o banho.

Fui imediatamente para a casa dela, que ficava bem próximo. Fui de moto, pois estava faminto.

Cheguei com uma mesa que parecia me esperar, repleta de delícias nutritivas. Beijei-a carinhosamente e abracei-a pelo convite tentador e fui logo adiantando que minha vida mudara. Disse que vivia melhor atualmente, para amenizar a preocupação da minha velha mãe, descendente de italianos, que vive preocupada com os filhos.

— Fique à vontade, meu filho, fico feliz em vê-lo contente.

— Que bom, pois quero fazer um convite, dona Zildinha! — era assim que carinhosamente a tratava.

— Depende, é para ganhar uma graninha?

— Sim, quer ser cozinheira da nossa futura escola?

— Sim! — respondeu prontamente e ficou orgulhosa em ajudar. — É simplesmente maravilhoso — emendou de um jeito muito doce.

Meu padrasto se aproximou e nos desejou boa sorte nessa nova etapa da vida.

— O sonho de ter uma escola é possível, eu sei. Temos que trabalhar e viver com os outros — arrematou com certa amargura.

— Mas quem é que educa o povo desta cidade? — rebati com agridoce. — O professor se liga à eternidade, pois nunca sabe onde cessa sua influência. Li isso em um livro, *A última grande lição: o sentido da vida*, de Mitch Albon, há alguns anos atrás, e nunca esqueço essa passagem.

Meu celular tocou, era a professora Roberta. Pela nitidez do som, parecia que ela estava em meio a uma multidão.

— Roberta, o que acontece de bom?

— Tudo em perfeita condução, pois acertei com o jardineiro e o pedreiro da minha avó para realizarem as devidas mudanças e também mandei um *e-mail* sobre o projeto para você fazer os adendos, conforme amadurecemos a nossa filosofia de trabalho.

— Que ótimo! Tapei o lugar em que falava no celular e avisei prontamente a minha mãe, que sorriu levemente.

— Nos encontraremos amanhã, Jeh.

— Combinado, Rô.

Abracei novamente minha mãe e a beijei. Acenei com a mão, despedindo-me do meu padrasto. Retomaria a proposta pedagógica, mas antes passaria no sítio da avó da Roberta.

Cajamar, 16 de maio de 2013.

Fazia um misto de calor com uma brisa forte que enganava o frio intenso. Olhei alguns homens labutando no jardim de palmeiras altas, no qual as flores cresciam viçosas. Certamente provindas do mês de março, as roseiras desencadearam a florir. Estavam lindas: flores brancas e rosadas. Parece que aumentaram desde o dia que estivera com Roberta, pois havia novas flores e novas cores sobre os canteiros. O jardineiro, com chapéu de palha e blusa azul de manga curta, caminhava de um lado ao outro. Tudo andava sem obstáculo, sem grade e sem muro.

Sentia-me bem e otimista, aproveitei e fui preparar a proposta pedagógica.

Fui direto para o computador para ler o *e-mail* da professora Roberta e começar a digitar. Pensando na reunião que faríamos com os professores amigos, comecei.

A escola sem muralha

A escola sem muralha será uma espaço organizado para permitir que tanto os funcionários quanto os professores não se preocupem com um controle exacerbado dos alunos dentro do local. A supervisão controladora de horários, a presença de grades, portões e muros não existirão. O aluno terá autonomia no espaço, desta forma ajudará a encontrar soluções para os problemas nas assembleias realizadas.

A disposição dos horários de se ir ao banheiro, o tempo do intervalo, a separação no intervalo entre as séries não existirão mais em horários diferentes, e até mesmo a disposição das carteiras em salas de aula, como antes, para supostamente controlar a "indisciplina". Em outras palavras, esse mecanismo de controle não é necessário ao bom funcionamento da nossa escola, pois se fosse, os alunos "baderneiros" não tomariam também supostamente o controle sobre a escola. Evitaremos esse modelo de punição, essa arte de punir e vigiar. Teremos um espaço de seis mil m^2 para a implantação do nosso projeto. Nesse espaço há um salão de 200 m^2 cercado por áreas verdes e um pequeno pomar. Iremos dividir o salão para estudo, que será equipado com livros, computadores, refeitórios, sala de música. No exterior serão oferecidas oficinas em tendas, de cores diferentes para designar a oficina, com laterais fechadas até o meio, para ocorrerem atividades como teatro, culinária, confecções de brinquedos, espanhol, inglês e outras em consonância com saberes comunitários. Ao lado do salão criaremos pistas para *skate*, patins, patinete e uma ciclovia. Formaremos um grupo de amigos, que serão constituídos por grêmio estudantil, professores, pessoal da limpeza, cozinheiras, jardineiro, motorista, professores, pessoal da manutenção e administrativo, voluntários em diversas áreas e diretores. No projeto, todos são atores da educação e responsáveis pelos alunos. Diários de classes, reunião de pais e mestres e bilhetes para os pais serão coisas do passado. Usaremos o avanço da tecnologia, *softwares* para gerenciar desde os horários das aulas até as notas dos alunos. Os pais baixarão o aplicativo e terão acesso a todas as informações a que têm obrigação de ter conhecimento. Com isso iremos otimizar o gerenciamento e facilitar a vida de pais e mães decididos a acompanhar e participar mais do dia a dia da escola dos filhos. Na palma de suas mãos, eles terão uma ferramenta que recebe avisos, acompanha o calendário de eventos da escola sem muralha e verificarão rendimentos bimestrais, comportamento do estudante, projetos, eventos e atuação do professor e da escola.

Já apontava uma hora da manhã, estava cansado. Resolvi olhar pela janela para espreguiçar e contemplar o silêncio da noite depois de horas debruçado nessa busca pela vida nova. Notei que o porteiro saiu da guarita, ao lado do portão de entrada, construído também para vigiar. Deixou entrar uma senhora franzina toda vestida de branco. Eu a conheci: a professora Rose; trabalhávamos na mesma escola. Ela ficava transtornada com a grosseria dos alunos para com ela na aula de Inglês e entre eles. Ouvia diariamente suas queixas. Sobre o diário, dizia que esse documento chegava depois de três meses do início das aulas e reclamava do tamanho dos quadriculados que deveria preencher, sem rasura ou "gambiarra", pois seria fiscalizado rigorosamente pela gestão. Os professores ficam vulneráveis quando estão em uma classe lotada com diferentes níveis de aprendizagem, desvios de comportamento, inclusões etc. Constitui-se uma experiência que acarreta prejuízos práticos e emocionais para o professor. Esbravejava ela que isso parecia ser planejado para infernizar a vida do professor. Estava aposentada, passara no processo seletivo temporário, com contrato de um ano. Expressava em seu semblante o desgaste proveniente de uma sala de quarenta alunos com muita energia.

Séria, seguia em passos lentos pelos canteiros como se estivesse acompanhando um casamento. Rapidamente, como um relâmpago, ouvi o tumulto com vozerio alto, xingamentos e a falta de respeito no cenário que refugiara. Tive dificuldade para pegar no sono.

Na manhã seguinte, brilhava o sol. Estava frio. Sob a luz matinal, todas as coisas pareciam reluzentes.

O porteiro interfonou, era Roberta, e estava muito bonita.

De imediato externei-lhe meu encantamento pela aparência dela.

— Foi minha mãe que escolheu. Ela está encantada com nosso projeto assim como a Zildinha. Disse-me que deseja toda sorte a nós.

Na mesa se encontravam várias frutas. Ela sem cerimônia pegou uma pera. Fruta que adoro, lembra areia doce.

O apartamento estava limpo e por incrível que pareça em ordem. Em seguida dirigimos-nos à biblioteca e apresentei a proposta pedagógica que, de tijolo em tijolo, vagarosamente fora sendo construído. Agora restava-nos colocar em prática.

A professora demonstrava sua empolgação, disse que o pedreiro e o jardineiro estavam empenhados em organizar nosso canto da educação.

— Se importaria de conceder duas bolsas para os filhos deles?

— De forma alguma, até porque eles nos estenderam as mãos e os braços.

— O custo dos equipamentos para as oficinas ficaram a um preço acessível. Porém a cozinha industrial ficou com um preço elevado.

— Minha mãe tem uma amiga que está vendendo um fogão industrial e podemos verificar se ela não o quer mais.

Roberta levantou-se devagar, respirando calmamente. Esboçou um sorriso e completou:

— Consegui cadeiras e mesas de PVC, um material muito resistente e leve, diferente daquelas da escola, que são pesadas, de estrutura metálica e uma madeira grossa, o que dificulta agrupamentos com os alunos. O trabalho em roda parecia exercício de halterofilismo.

Respondi lembrando-me da professora veterana de inglês:

— Parece que são projetadas quarenta carteiras para infernizar mesmo a vida do professor.

— Inteligentemente — Roberta acrescentou — e do aluno também. Jeh, consegui que a rádio da cidade nos concedesse um pequeno espaço entre os noticiários, e o jornal publicará artigos sobre a nova e original escola da cidade. Com isso, conseguiremos retorno.

— Verdade, Roberta. Muitas pessoas foram generosas e nos ajudaram, e isso me surpreendeu muito, porque nem conhecíamos essas pessoas direito.

— Que bom que elas são assim.

— A gente só precisa ser bondoso e solícito com elas também.

— Está tudo certo para nossa reunião com amigos professores que antecipadamente nos enviaram felicitações pela abertura da escola.

— Ótimo — afirmou Roberta.

Despediu-se com um beijo e um forte abraço e combinamos de construir uma pauta sobre a filosofia da escola.

***

E assim chegou o sábado da reunião, estavam presentes colegas de faculdade, professores que atuaram na rede e amigos.

Comprei alguns "comes e bebes" e rapidamente todos estavam enturmados... professor é assim mesmo, desencanado!

Fiz um pequeno discurso, Roberta fez os agradecimentos e depois falou brevemente incorporando a postura da futura diretora. Consegui um projetor para apresentar a proposta pedagógica, localização da escola sem muralha e a data prevista para o dia da inauguração. Fiquei um pouco nervoso, tomado pela ansiedade e a vontade de que tudo desse certo.

Terminada a explanação, os professores, radiantes, aplaudiram e aprovaram a nova escola. Ficamos felizes com o comportamento dos participantes repleto de satisfação.

Por fim, já era muito tarde quando todos tinham partido e Roberta e eu ainda trabalhávamos, arrumando tudo e recolhendo o lixo.

— Deus vai nos ajudar — disse Roberta.

— Tomara — respondi, e imediatamente, pela primeira vez em todas aquelas semanas, lembrei-me do homem tocando flauta e do que me pediu esmola. Poderiam fazer parte do grupo de amigos da escola sem muralha.

Quando eu e Roberta nos despedimos já era domingo.

— Jeh, tenho uma coisa para lhe dizer...

Confesso que pensei que ela fosse pedir um beijo naquela madrugada. Até suspirei...

— Estou convicta de que faremos sucesso com esse modelo de escola.

Primeiro fiquei calado, apenas olhando para ela, que continuou:

— Estive na igreja católica, sabe? E uma força sobrenatural confirmou nosso sucesso.

— Certamente — disse animado.

Sentia algo de especial em Roberta, mas resistia em me aproximar devido ao nosso projeto.

Roberta foi embora e fiquei pensando nela. Seria o despertar de uma paixão?

Fazia muito frio. Deite-me calmamente sem banho e dormi até as onze horas. Acordei com o som do telefone, e de tão assustado, bati com a testa na parede e arrastei comigo o telefone, um porta-retrato e o abajur. Era a mãe de Roberta, dona Fernanda, dizendo que havia preparado um almoço e gostaria que eu desse a honra da presença; e que a Roberta havia ido comprar a sobremesa que ela tanto gostava, torta de morango. Confirmei a presença sem titubear. Tive a leve impressão de ter sido lançado dentro de um fogo vermelho abrasador da mesma maneira como se lançar em queda livre em um sonho.

***

Fui recepcionado pela mãe de Roberta. E ao ver o rosto radiante de Roberta, a boca entreaberta, os belos dentes e os olhos brilhantes, as covinhas nos cantos externos provocadas pelo riso, curvei-me e a beijei. Podia ouvir seu coração palpitar.

— Ah, Jeh, como é gostoso seu abraço!

— Não... — rebati. — O seu que é como laços e me prendem.

A mesa estava farta e muito diversificada para nós três. Roberta perdera o pai há tempo. O assunto na mesa era a expectativa da nossa escola. Dona Fernanda fez uma observação sobre a potencialidade do ser humano. Ela falava para nós que quanto mais exploramos nossas potencialidades, tanto mais sentiremos a profunda alegria que é a herança do ser humano.

— Na vida você cai e levanta. Quando se levanta, tem que ficar ereto, rir de satisfação, manifestando alegria como uma criança por ter utilizado a força de vontade. Alegria é o objetivo da vida, pois é a emoção que nos torna humanos. A alegria não é exclusividade apenas das pessoas ilustres, extraordinárias, mas de qualquer um através de seus atos, contanto que constitua uma expressão sincera e responsável de sua capacidade. Portanto desejo a vocês alegria e sucesso.

Fiquei surpreso com a concepção de mundo de dona Fernanda. Fomos interrompidos por Roberta.

— Olha a sobremesa: torta de morango!

Ficamos em silêncio, saboreando a deliciosa torta. Aproveitei para observar Roberta brincar com sua mãe e ajudá-la a lavar a louça. Admirava seu jeito, seu sorriso, sua maneira de abanar a cabeça, admirava simplesmente tudo nela. Sou um homem de sorte, pensei.

Roberta sentou-se ao meu lado.

— Gostou do almoço?

— Muito, professora!

— Amo minha profissão.

— Percebo claramente, ainda mais com uma mãe tão inteligente!

— Ela é uma grande mãe.

— Quanto a nós, somos um só. A partir desse nosso projeto, devemos confiar um no outro.

Roberta sorriu e confirmou o pacto.

— Sua mãe não para, ainda continua limpando a cozinha. Ela parece ligada no 220W.

— Minha mãe é uma guerreira, é muito religiosa, generosa, uma mulher de fé. Você não tem nada contra pessoas de fé, tem?

— Nada, Rô. Também tenho fé.

— Em quê?

— Em você.

— Ah, que gracinha!

— Quero agradecer por esse domingo maravilhoso.

— Faremos muitos outros encontros de domingo.

— Vou adorar — respondi.

Voltei para casa e no caminho passei em uma padaria para comprar leite. Encontrei o professor de História, um colega que trabalhava na escola da qual me exonerei. Estava sentado, tomando um refresco. Nos cumprimentamos e desatamos a conversar.

— A maioria dos problemas escolares, hoje em dia, são expressos pelos pais por ansiedade e confusão diante da maré agitada deste período em que todos vivem simultaneamente todas as coisas — disparou o professor, angustiado.

— Tem razão. Quando observamos uma criança no computador, no qual ela pode acessar tudo ao mesmo tempo, mandar mensagem, conversar em uma rede social, usar a calculadora, ouvir música, bater papo e escrever um texto, é diferente de quando estudávamos.

— Perguntei francamente a um aluno — disse o professor —, quantas vezes você estudou a matéria durante esse bimestre? Vamos rapaz, diga a verdade. O aluno disse sem rodeios que havia dado umas lidas de vez em quando. Entreguei as avaliações ocorridas no mês para ele. Todas apontavam que o aluno não entendeu absolutamente nada. Quem fracassou?

Fiquei em silêncio, olhando o professor alterado.

— O aluno escolheu a África como tema de dissertação. Você se importa de ouvir o que o aluno escreveu?

— Claro que não — respondi.

— Ele começa em tom trágico, dizendo que a cultura brasileira não tem relação nenhuma com a África. A música, a religião e a culinária são diferentes das do Brasil. E que o povo de lá se veste coloridamente. Para arrematar, ele disse que a África precisa de uma abertura maior para o crescimento econômico. Sua dissertação, se é que devemos chamá-la assim, encerra aqui — desabafou o professor.

— Nós professores — disse eu — devemos nos centrar na premissa de que existe uma estrutura na qual a organização e a integração de aprendizagem se processam. O fator que mais influencia a aprendizagem é aquilo que o aluno já sabe ou o que pode funcionar como ponto de ancoragem para as novas ideias. Basta o educador primeiramente sondar o repertório do aluno para provocar nele uma aprendizagem significativa. Fez-me lembrar da teoria da aprendizagem e da vida do teórico David Ausubel. Quando ele estava no colégio ficou revoltado contra os castigos e as humilhações pelos quais passara na escola, afirmando que a educação é violenta e reacionária. Ele relatou um dos episódios que o marcou profundamente nesse período: "Escandalizou-se com um palavrão que eu, patife de seis anos, empreguei certo dia. Com sabão de lixívia lavou-me a boca. Submeti-me. Fiquei de pé num canto o dia inteiro, para servir de escarmento a uma classe de cinquenta meninos assustados [...]".

Para ele, "a escola é um cárcere para meninos. O crime de todos é a pouca idade e por isso os carcereiros lhes dão castigos".

Encerramos nosso diálogo, com minha solicitação da comanda da padaria e despedida do colega.

Na entrada do condomínio, pensei em Roberta. Estava tomado como nunca antes por um pensamento apaixonado.

Tomei um banho e fui direto para a cama, pois teria que acordar cedinho, conforme combinara com Roberta.

Na manhã, o sol esquentou logo cedo. Saí para o encontro com Roberta e no caminho avistei o homem que me pediu dinheiro. Agora mais abatido, demonstrava em seu comportamento tristeza e humilhação impostas pela terceirização. Percebeu minha presença e disfarçou, tentando se esquivar. A condição desse homem cantou Fagner na música *Guerreiro Menino*:

> ... Um homem se humilha
> Se castram seu sonho
> Seu sonho é sua vida
> E a vida é o trabalho
> E sem o seu trabalho
> Um homem não tem honra
> E sem a sua honra
> Se morre, se mata
> Não dá pra ser feliz...

Essa reflexão cabia-me perfeitamente, já que estava desempregado também. Tentei não me ater nisso e focar na construção de uma nova vida.

Caminhei durante alguns minutos até o ponto de encontro com Roberta. Repentinamente senti-me seguro e decidi dosar a emoção com um pouco de razão. Na verdade, me encontrava numa situação muito instável, cujas consequências ninguém poderia prever.

Finalmente, o encontro se deu. Ao entrar no carro, notei que estava de óculos escuros e pude perceber claramente a mesma espiritualidade e elegância do dia anterior. Meu temor sumiu rapidamente. Em seguida dirigimo-nos para uma loja de móveis. Roberta fizera várias cotações e fomos ao lugar que tinha promoções e o melhor preço.

Tudo na loja era agradável. Por toda parte havia um cheiro gostoso de madeira fresca. Adquirimos móveis em PVC, uma espécie de plástico resistente, e sua matéria-prima é utilizada na fabricação de polímero termoplástico. Compramos tudo conforme havíamos planejado.

Durante as compras, Roberta e eu estávamos em sintonia, porém, depois disso, fez-se um prolongado silêncio. Nenhum de nós encarava o outro. Resolvi esclarecer aquela situação.

— Há uma questão que me assola. Além do medo, ainda sentimos a ansiedade. Quando nos sentimos ansiosos, nos sentimos ameaçados, sem saber o que fazer para enfrentar o perigo. Parece que estou ligado a uma intensidade que nunca vivi antes. A compressão no peito, confusão que quer se generalizar ou talvez a sensação de que o mundo que nos rodeia é uma pichação em preto e branco.

— Eu sei — disse Roberta. — Uma colega da área da saúde que fazia acompanhamento da escovação de dente na escola me disse que as pessoas ingerem calmantes, pois têm medo de viver. As consequências são dependência de comprimidos, alcoolismo e outras drogas. Quantas doenças existem hoje por causa do medo, da ansiedade em maior intensidade, da angústia... Enfartes, distúrbios circulatórios, úlceras, enxaquecas... Todas levam as pessoas a faltarem nos empregos ou até mesmo a deixá-los.

— Sentimo-nos angustiados frente à alternativa de tentar um novo sentido para nossa existência diante dos que dizem o quanto estamos ameaçados — concluí.

Roberta pôs a mão dela sobre a minha. Estávamos nos olhando e criando coragem para sorrir. Mas em vão.

Terminamos a compra dos móveis e fomos direto ao depósito de materiais de construção. Precisávamos de areia, cimento, pedra e outros materiais para o pedreiro começar a construção das pistas.

De repente, uma gatinha persa saltou de trás do balcão do depósito. Ficamos imóveis. Depois surgiu outro felino. Ambos de pelagens macias e brilhantes. Ficaram nos observando, então o primeiro ameaçou atacar o outro, mas estavam apenas brincando e muito felizes.

— O gatão malhado persegue a gatinha branca de neve — disse Roberta. — Olhe a pose dele!

Os dois felinos corriam próximos a um vaso de flores. Roberta sorriu e disse:

— Ele vai oferecer flores para ela, hum que romântico! Conheço a comunicação dos bichanos, sei o que ele disse à gatinha...

— Avante! — disse eu animadamente, também decifrando a linguagem dos felinos. — O malhado disse à branca de neve: "Olhe só aqueles dois, parecem professores, como se querem bem! Tanto quanto nós". Até os animais sabem disso?

— Jeh?

— Sim.

— Ah...— tentou falar uma encabulada Roberta.

Inesperadamente a gatinha branca de neve abanou a cabeça várias vezes.

— Estão confirmando algo entre nós — afirmei no intuito de soltar o que estava em meu coração.

— Está percebendo? A gatinha subiu e abaixo a cabeça aprovando — disse Roberta.

— O malhado falou: "O amor é importante, porra!" — falei lembrando do que li no muro.

A gargalhada da Roberta afugentou os felinos, que chisparam para o fundo da loja, e se aproximou.

Meu coração agitou-se e deu um friozinho na barriga ao olhar o rosto de Roberta. Rapidamente a beijei. O que seria um beijo rápido transformou-se em um longo beijo.

— Jeh... O que estamos fazendo?

— São duas células diferentemente eletrizadas; acrescento a passagem do seu primeiro livro na qual os biólogos diriam que há uma enorme probabilidade de surgir um grande amor entre nós.

Repetimos o beijo, agora com mais tranquilidade. Pensei naquele momento do almoço de domingo na casa dela.

Encerramos a compra no depósito e saímos abraçados.

— Agora eu e você findamos o pacto... Desejei isso no almoço realizado na sua residência.

— Na verdade senti o mesmo, estranho não é? — perguntou ela.

— Sublime! — falei sem vacilar, mas quase sem ar. O ar ficou volátil depois do beijo.

— Sim — disse ela antes de se entregar a mais um beijo.

— O que foi gato malhado? — a voz de Roberta miava em meu ouvido.

— Nada, gata. Sem problema, meu novo amor.

Caminhamos pelo calçadão de mãos dadas até um restaurante próximo dali para almoçarmos.

— Gostei de um professor e ficamos juntos durante dois anos. Ele vivia dizendo: "Que seja infinito enquanto dure".

— Tinha bom gosto: por namorá-la e por apreciar o poetinha Vinicius de Moraes. Ouça: "De tudo ao meu amor serei atento/ Antes, e com tal zelo, e sempre, e tanto/ Que mesmo em face do maior encanto/ Dele se encante mais meu pensamento".

— Você é encantador! Diga a verdade: você é como foi Vinicius de Moraes em relação às mulheres?

— Mulherólogo... como dizia o poetinha camarada. Mas não se preocupe, não tive mulheres de todas as cores e de várias idades, mas tenho você que é minha singular beldade!

— Esperto! — disse ela dengosamente.

***

Em poucos minutos estava em casa tomando um cálice de vinho, ressabiado e com saudade de Roberta. Muito mais com saudade do que desconfiado de algum tropeço em busca da nova vida. Agora estaremos juntos literalmente no trabalho e no amor, não pude deixar de pensar.

Estava escuro, já passava das sete. Tinha bebido o vinho pensando nos felinos. Como eles me ajudaram a criar coragem para viver um novo amor. Aquele beijo afastou minha impressão de derrotismo.

Recebi uma ligação de Roberta.

— Boa noite, Jeh! Fiquei aflita hoje!

— Por quê?

— Fomos tomados por um conjunto de decisões desde a compra dos materiais até o cenário dos gatinhos.

— Roberta, sei que é arriscado tudo isso, mas o que podemos fazer se o vento sopra a nosso favor? Agora está tudo nos conformes, certo? — disse eu, aguardando a confirmação.

— Moderadamente...

— Sejamos corajosos.

— Estou menos acelerada, mais calma. Agora sei que meu coração não se agitará mais em vão.

— Nem o meu.

Quando me despedi, tive a sensação de que também estava calmo. Acabei de beber o restante do vinho e fui descansar.

Acordei cedo e com o coração pegando fogo, como canta Gal Costa em sua música: "Foi uma morena que passou perto de mim / E que me deixou assim...".

Levantei-me rapidamente bastante entusiasmado. Fiquei da janela da cozinha contemplando a natureza enquanto bebericava um café. Lembrei ressabiado das minhas reflexões sobre a vida nova.

O telefone tocou e junto meu coração disparou, pensando ser ela, mas era o pedreiro perguntando se eu podia orientá-lo sobre a pista de *skate* com relação à inclinação. Disse que estava a caminho e desliguei.

Conhecia um garoto skatista que morava no condomínio e fui até o apartamento dele. Fiz algumas perguntas para o jovem, que demonstrou interesse em me ajudar. Até esboçou um desenho e alertou-me sobre os cuidados de uma pista para iniciantes.

***

Foi mais um dia quente, mas no grande sitio da vó da Roberta estava fresco. Tudo parecia um sonho, simplesmente não podia acreditar que um professor, à beira do desespero, tivesse sido privilegiado com uma nova chance de vida e com a probabilidade de viver um grande amor. Foram uns 180 graus de mudança. Sair de um concurso que me dava estabilidade para apostar em um negócio e em um amor que não saberia se lograriam êxito.

Conversei com o pedreiro sobre as orientações do jovem skatista, explicando que deveria ser feita uma pista para iniciante e por isso não deveria ter forte inclinação, apenas um espaço de piso liso, com uma leve descida. O pedreiro entendeu e logo se apoderou de seus apetrechos e colocou mãos à obra.

Aproveitei o ensejo para ligar para Roberta, minha gata.

— Roberta, minha musa inspiradora!

— Fala meu gato...

— Estou no sítio e esclareci, ou melhor, fomos esclarecidos sobre a construção da pista de *skate*.

— Em quinze minutos chegarei... — disse Roberta.

Colhi algumas rosas para recepcioná-la. E assim que ela chegou a surpreendi.

— Meu amor, obrigado pelas rosas! Estou encantada... E como está o andamento da nossa miniobra?

— Subindo como um avião, diferente da pista de *skate*, que não será para manobras radicais.

— Pensei muito em você, professor.

— Também senti saudade.

— Fiz contato com alguns meios de comunicação para divulgarmos a inauguração da escola — disse Roberta muito empolgada.

— Ótimo, agora é só aguardar os móveis que ficaram de entregar prontamente.

A reforma seguia um cronograma preciso, e nosso sonho ficava cada vez mais concreto.

Quando ainda se quebrava daqui, furava dali, ajeitava acolá, estávamos em toda parte para que tudo saísse como havíamos projetado.

Já no final das obras, a sujeira e a poeira tomavam conta, e Roberta demonstrava cansaço.

— O que houve? Não está legal? — perguntei, preocupado.

— Estou pregada, mas continuaremos na luta.

***

Estávamos na reta final. Fomos para o salão fazer algumas mudanças e decorações. As caixas de livros novos e seminovos que eu e Roberta juntamos tiveram que ser guardadas num canto do salão, pois ainda falta a montagem das prateleiras e estantes.

Havia muito trabalho, mas paramos para almoçar na casa da avó de Roberta, que ficou muito contente com nossa visita, pois como era viúva, teria companhia no almoço.

Conversamos sobre nosso futuro enlace e ela ficou especulando indiretamente sobre mim. Ao longo da conversa, ela desejou toda sorte e disse que ter uma sociedade é como ser marido e mulher. Rimos à beça. Retornamos à obra e ficamos até escurecer, aproveitando para namorar um pouco.

***

As obras na escola sem muro foram finalmente finalizadas.

Conseguimos muita propaganda e nossa nova proposta de escola já repercutia na cidade. Muitos certamente não acreditavam no sucesso da escola sem muralha.

Aproveitei o sábado para ir à casa de minha mãe contar as boas novas sobre meu namoro com Roberta e o andamento da escola.

Ela depositou toda confiança de mãe em nós. Aproveite e pedi ao meu irmão, que tem muito talento com grafite, para fazer alguns desenhos na escola.

À noite encontrei a Roberta. Fomos ao restaurante que costumávamos frequentar. Ali o ar era aconchegante. Depois da refeição, ficamos conversando sobre nossas perspectivas de vida, profissionais e amorosas.

***

A inauguração da escola estava prevista para alguns meses, mas, antes da abertura, decidimos fazer outra reunião com os amigos professores para atribuição das oficinas.

Estávamos em contagem regressiva, acertando os últimos detalhes sobre a inauguração que se aproximava. Porém, Roberta tinha mais uma novidade: estava grávida!

Fiquei paralisado pela alegria, e ali mesmo marcamos a data do casamento para antes da inauguração da escola.

Como estávamos muito envolvidos com o projeto da escola, durante nossa lua de mel continuamos trabalhando na produção de material pedagógico.

Roberta me encorajou a escrever um projeto para flauta.

Debrucei-me e o escrevi.

O projeto tinha como objetivo trabalhar a musicalização através da flauta doce como elemento musicalizador. Elaborar o repertório didático com tablaturas direcionado para as crianças acompanharem as canções.

O projeto era inspirado em um rapaz que tocava flauta e encantava as crianças, que se organizavam para brincar com músicas através de gestos rítmicos e dinâmicos.

Propus a inserção de um instrumento acessível para aprendizagem e para o lúdico nas turmas a partir do quarto ano. As aulas devem favorecer a motivação em tocar uma pequena melodia, mesmo que envolvendo algumas notas musicais. O instrumento escolhido é conhecido das crianças, de custo acessível e fácil de transportar, além do som suave como uma simples digitação, que segue uma lógica de facilidade para a execução de uma canção. Dessa forma, cabe ao docente adequar a execução do instrumento ao nível de aprendizagem do aluno, pois as notas musicais permitem brincar com as palavras em "pedaços", bem como frases e sílabas, além de resgatar canções de memória, relacionando som e grafia.

Pelo ensino da flauta doce, estende-se a musicalização; aproveitando o conhecimento prévio musical e de repertório que a criança carrega consigo, como as cantigas de rodas, parlendas e outras. Essas músicas têm notas de digitação com pouco grau de dificuldade, cujas melodias são atraentes e de fácil assimilação.

Diante do repertório planejado, as crianças devem adquirir confiança, possibilitando a execução de outras músicas. Abre-se então um leque de repertório para outras canções. Isso favorece o atendimento de casos de alunos com baixa autoestima e não alfabetizados que conseguirão executar músicas na flauta, mesmo que desprovido da leitura e da escrita.

Almejo com esse projeto propagar na escola a musicalização, como nos ensina Violeta Gainza: "o objetivo específico da educação musical é musicalizar, ou seja, tornar o indivíduo sensível e receptivo ao fenômeno sonoro, promovendo nele, ao mesmo tempo, respostas de índole musical. Com isso, a música traria para o homem várias modificações internas ligadas à comunicação e rompendo barreiras de todos os tipos, sejam de expressão ou até mesmo a nível psicofísico".

— Criaremos grupos musicais de flauta na Escola sem Muralha — disse para Roberta, que lia encostada delicadamente em mim.

— Ficou excelente!

— Agora iremos colocar esse projeto em prática — disse entusiasmado.

Roberta estava feliz com a gravidez que transcorria muito bem. Uma menina estava próxima de conhecer o mundo.

Nossa escola estava pronta, documentos regularizados, projetos, oficinas, pistas para *skate*, patinete, patins, ciclovia. Grafitagem alegre trabalhada pelo meu irmão.

Tendas, móveis e equipamentos tecnológicos, conforme almejávamos. Quadro de funcionários completo de amigos.

Tudo impecavelmente pensado para deixar qualquer profissional feliz e estimulado para o trabalho. Faltava somente a razão social em uma placa com o nome da escola bem colorido, com dois desenhos: uma menina e um menino. Eu e Roberta quando crianças.

***

Faltavam dois dias para a inauguração, e Roberta sentia-se indisposta. Uma má digestão me levou à farmácia para comprar alguns medicamentos para Roberta. Encontrei o mesmo pedinte na mesma situação, e perguntei ao funcionário da drogaria se conhecia aquele homem, que definhava progressivamente. O balconista olhou pela vitrine e disse que se tratava de um "noia", ou seja, viciado em drogas. Fiquei estarrecido, porque acreditava que ele fosse sair da lama para superfície, mas estava afundando-se de vez. Não entendi porque ficava preocupado com aquele homem, já que não tinha vínculo algum com ele, não o conhecia. Em nosso primeiro contato, ele me levou dez reais. Quando saí da drogaria, ele me olhou e caminhou rapidamente em minha direção.

Acreditava que ele me pediria mais dinheiro ou, quem sabe, devolveria meus dez reais. Foi cruel ao sacar de uma faca e desferir, surpreendentemente no meu peito, um golpe fortíssimo.

"Estava lá um corpo caído entre os homens que observavam o episódio". Dizia a manchete do mesmo jornal da cidade que publicou sobre a escola sem muralha. "Um dos idealizadores da escola sem muralha, professor Jeferson, não resistiu aos ferimentos desferidos durante um assalto. O professor deixa a mulher, que está grávida".

Três meses depois...

Dada a palavra ao Dr. Promotor de Justiça, assim se manifestou: "Meritíssimo Juiz, a presente ação merece procedência. A autoria e material idade estão demonstradas pela apreensão do réu e o instrumento do crime em poder do réu, através da prova oral produzida. O réu confessou integralmente a autoria. As testemunhas reconheceram-no, com segurança, tanto na fase policial quanto em juízo, como sendo um dos agentes que, na data dos fatos, 22 de junho de 2013, por volta das 18 horas, em uma farmácia de Cajamar, o réu abordou o professor Jeferson próximo da farmácia, sendo ele a pessoa que lhe exibiu uma arma branca, dizendo "perdeu, perdeu", desferindo um golpe certeiro no peito e subtraindo seu celular. O réu evadiu-se. Em seguida, a testemunha avistou o réu e apoiou os policiais civis, à paisana, na captura do mesmo. Os agentes abordaram o réu, que estava sob efeito de entorpecente, e com o qual foram encontradas pedras de *crack* e um acessório, espécie de cachimbo. O celular roubado do professor estava ainda em posse do réu.

O assassino do professor Jeferson é condenado a 24 anos e seis meses de prisão pelo crime de latrocínio, ou seja, roubo seguido de morte".

Roberta quase perdeu a filha e a vida com a notícia da morte violenta do marido, mas seguiu guerreiramente com a Escola sem Muralha Mahatma Gandhi. Acrescentou o nome em homenagem não só ao indiano, maior defensor do princípio da não violência em todas suas formas, mas também ao marido que amava e que tanto cultivou a paz.

Porto
de Idéias
EDITORA

www.portodeideias.com.br